나그네 영혼

김풍식 시집

시인의 말

개인 시집을 내기까지 많은 도움을 주신 대한문인협회 시인님께 진심으로 감사 인사드립니다.
또한 용기와 희망을 주신 분께도 깊은 감사 인사를 드립니다.

자연이 준 녹색의 소중함을 느끼며 내가 시인이기 이전에 한 인간으로 살아가는 삶에 도전과 희망으로 자연 앞에 겸손함을 배우며 더욱 낮은 자세로 임하며 삶의 지혜를 배우며 살겠습니다.

책 한 권 속에서 한 사람의 영혼을 끄집어내며 많은 분께 공감이 되고 아름다운 세상이 되길 소망하며, 오늘 하루도 주어진 삶에 최선을 다하는 사람으로 살겠습니다.

감사합니다.

시인 김풍식

* 목차

제 1부

6 ... 벗이여!
7 ... 귀중한 일
8 ... 소리
9 ... 우중산행
10 ... 행1(行)
11 ... 선행
12 ... 나그네 영혼
14 ... 등불
16 ... 죄업
18 ... 벗
21 ... 형상
22 ... 욕망(欲望)
23 ... 자아 반성
24 ... 음식 기도
25 ... 군소리
26 ... 나의 꿈
27 ... 구름과 나
28 ... 바보 같은 나
29 ... 흐린 하늘
30 ... 자판기 커피

제 2부

32 ... 독백
33 ... 화술(話術)
34 ... 삶
35 ... 그리움
36 ... 비
37 ... 물방울
38 ... 벗
39 ... 미래의 고향
40 ... 새벽 3시
42 ... 글(시)의 삶
43 ... 봄을 기다리며
44 ... 그대 좋은 아침
46 ... 나에게 꽃이란?
47 ... 소중한 하루
48 ... 나그네의 고행
50 ... 아름다운 세상
51 ... 새해 소망
52 ... 삶의 비애
53 ... 거미집
54 ... 술

QR 코드

스마트폰으로 QR 코드를 스캔하면 시낭송을 감상할 수 있습니다.

제목 : 나그네 영혼
시낭송 : 김지원

제목 : 바보 같은 나
시낭송 : 박영애

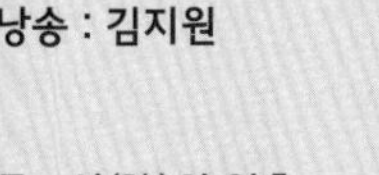

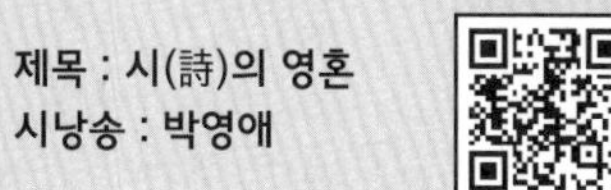

제목 : 시(詩)의 영혼
시낭송 : 박영애

제목 : 중년의 세월
시낭송 : 박영애

* 목차

제 3부

56 ... 1년의 수행
57 ... 어머니의 눈물
58 ... 행복의 섬
60 ... 행2(行)
62 ... 어머님
63 ... 귀곡 산장
64 ... 고향
65 ... 추억
66 ... 사수소 불작불성
68 ... 시인의 세계
69 ... 청풍명월
70 ... 나그네의 길
71 ... 희망의 버스
72 ... 시(詩)의 영혼
74 ... 물레방아
75 ... 나의 본색
76 ... 외박
77 ... 희망의 새 아침
78 ... 진리2
79 ... 삼막사
80 ... 친구 사랑
81 ... 소망

제 4부

83 ... 헌신짝
84 ... 축복받은 이여
85 ... 중년의 세월
86 ... 새해 아침
87 ... 인고의 시간
88 ... 고독
89 ... 눈물
90 ... 12월
91 ... 손녀와의 인연
92 ... 번뇌(煩惱)
93 ... 기도(祈禱)
94 ... 존재
95 ... 나의 하루
96 ... 제2의 고향
97 ... 가을 단풍
98 ... 인연의 끝
100 ... 김장하는 날
101 ... 깍두기
102 ... 물
103 ... 병상에서

제 5부

105 ... 별
106 ... 은빛 날개
107 ... 믿음
108 ... 풍년(豊年)
109 ... 행복한 세상
110 ... 버려지고 싶은 몸(번뇌)
111 ... 꿈
112 ... 종
113 ... 대한의 한글
114 ... 죽음 앞에서
116 ... 감사한 하루
118 ... 행복으로 가는 열차
119 ... 중환자 대기실
120 ... 여행
121 ... 산길을 걸으며
122 ... 신호등
124 ... 생애에 기쁜 날
125 ... 만남
126 ... 기억력
127 ... 뱃속의 영혼

제1부

청정한 마음을 가지고 말하거나 행동하면

행복이 그대를 떠나지 않는다.

마치 그림자가 그대를 떠나지 않는 것처럼

내 마음 밝히면 세상이 밝아진다.

벗이여!

벗이여!
인연 되신 벗의 주인공이시여!

우러러 하늘 뜻 가슴속 깊이 새기며
삶의 마당 그 굽이마다
달보다 밝은 미소 머금고
사랑의 꽃수레 밀고 당기어
이 하늘 아래 땅 위에서
행복으로 꽃 피우게 하소서.

믿음과 화합의 우정 어린 친구로서
어제는 너와 내가 아닌
우리임을 자각하는
공경과 정성으로
은혜에 감사드리며
초록으로 물든
기쁨의 열매를 맺게 하소서.

씨 뿌리는 농부의 마음으로
정성으로 곡식 살찌우며
나누고 베풀며 사는
잔치마당을 위해
축배의 기쁨 가득하게 하소서.

귀중한 일

지금 이 시간
지금 만나는 이 순간만큼
귀중한 시간은 없다.

사람이 백 년을 산다 해도
지금 이 순간만큼 소중한 것은 없다.
잠 못 드는 사람에게는 밤은 길고
피곤한 나그네에게는 갈 길이 멀 듯이
생사의 밤길은 길고 멀다.

전쟁터에서 수만의 적과 싸워 이기는 승자보다
하나의 자신을 이기는 사람
그가 영원한 승리자이다.

나 자신을 속이며 사는 이
은혜를 입고도 갚을 줄 모른 이
우리들 자신인지도 모른다.

선과 악이 마음에서 떠나지 않듯
그림자가 몸을 떠나지 않는 것처럼
악한 일 짓지 않고 선행하면 마음이 밝아진다.

소리

하늘까지 거짓말하는 세상
자신만의 마술사들이 연극을 한다.

물건 하나를 훔치면 도적이고
나라를 훔치면 임금이요.

꽃의 아름다움에 반하고
시들면 버리는 것이 이치이듯
손을 쥐고 펴듯 한 몸이라.

공과 사도 둘이 아니요
국한을 크게 잡으면 사도 공이 되고
국한을 작게 잡으면 공도 사가 됨이라.

옳은 길도 잘못 가면 그른 길이요
길 아닌 길도 옳게 가면 그것이 바른길이라.

산이 높다 하여도 구름을 붙들지 못하고
빽빽한 숲이 물을 막지 못함이다.

귀에 들리는 것은 귀에 멈추지 않고
눈에 비치는 것은 눈에 멈추지 않고
허공에 떠다니는 무지함이라.

우중산행

비가 오면 비가 오는 대로
눈이 오면 눈이 오는 대로
바람 불면 바람 부는 대로

산길을 걸으며
비와 벗하며 동행하니
인생은 구름이라 했는가?

굽이굽이 산길 거닐며
지금 나에게 필요한 것은 없다
내가 필요로 할 뿐이다.

혼자는 외롭다
그러나 혼자이고 싶다.
그대와의 만남을 위하여

육신의 발자취는 땅에 남고
마음은 허공에 구름과 같아
일생의 자취는 세상에 남는다.

행1(行)

인간의 생각은 어디에나 갈 수 있다
어디에 간들 자신보다 사랑스럽고
소중한 존재는 볼 수 없다.

자신의 몸도 타인의 몸도 그러하다.
자신을 사랑하듯
타인도 아낄 줄 알아야 한다.

남 듣기 싫은 말은 하지 말아야 한다.
악이 가면 화가 돌아오니
끝없는 원한은 쉬이 지지 않는 법이다.

자신의 허물은 보기 어려우나
남의 잘못은 쉽게 보이니
세상의 밝은 눈으로
자신의 그릇됨을 보는
지혜의 눈을 가져야 한다.

몸은 마른 나무 같고
노여움은 불같으니
자신을 낮추고
이기려 하지 말고

이기려는 사람은
반드시 지게 된다.

선행

각각의 인연 속에서
아름다운 사연으로
각각의 주인공이 되어
세상의 아름다움이 마음을 뽐낸다.

마음은 화가와도 같고
모든 것은 마음에서 나왔고
한마음 선한 마음으로 이르러
마음에 모든 것이 있다.

나쁜 마음을 가지고 말하거나 행동하면
그 뒤에는 슬픔이 따르게 마련이라
수레바퀴 마부의 뒤를 따르듯
모든 것은 우리의 마음에서 나온다.

청정한 마음을 가지고 말하거나 행동하면
행복이 그대를 떠나지 않는다.
마치 그림자가 그대를 떠나지 않는 것처럼
내 마음 밝히면 세상이 밝아진다.

나그네 영혼

이 세상 오실 때 어디서 왔다가
이 세상 가실 때 어디로 가시기에
불러도 대답이 없으신가요?

물은 흘러 강에서 만나는데
어느 세월
어디서 또다시 만날까?

한 떨기 조각구름 일고 지는 것
인연 따라 나타났다 없어짐은
거울 속 그림자 같아

허공의 달은 홀로 있건만
그 그림자 달이 지수화풍(地水火風)이라
이 세상 저 세상이 있으나
길이 생사 없으리.

올 때도 빈손으로 왔다가
갈 때도 빈손으로 가나
몸이 있으면 그림자 따르듯

봄 나무 가을 서리에 말라붙듯
태어난 자는 반드시 죽고
만나면 이별하는 것과 같아

잠깐 만나 은혜 사랑 얽히지만
꿈속에서 만나 흩어지는 것 같아
나도 내가 아닌 영혼뿐이더라.

나는 죽고 고통의 바다가 없는
자취 없고 이름 없는 무명으로
살리라.

지수화풍(地水火風) 이란
지(地): 땅의 성품=견고성 / 수(水): 물의 응집력
화(火): 불의 열성 / 풍(風): 바람의 이동성

제목 : 나그네 영혼
시낭송 : 김지원
스마트폰으로 QR 코드를 스캔하면
시낭송을 감상할 수 있습니다.

등불

땅 위와 하늘 아래 홀로 나 하나
생명의 벗들과
은혜와 사랑의 축복 속에 살면서
지혜와 용기를 주시어
진리의 주인으로 살게 하소서

자신의 마음 등불을 환히 밝혀
믿음과 정성으로 희망의 등불 밝혀
진실이 춤추는 세상
인간승리의 꿈과 희망이 되게 하소서

큰 이익의 사심을 버리고
선은 들추어낼수록 덕(德)이 작아지고
악은 감추어 둘수록 그 뿌리가 커지듯
자신을 비움으로 세상의 빛이 되게 하소서

너와 내가 아닌 우리임을 자각하고
나를 버리면 천하를 얻고
나를 내세우면 나 하나밖에 없음을
깨닫게 하소서

소유하기보다는 나눔으로
오만하기보다는 겸손으로
원망하기보다는 감사하고
사랑받기보다는 사랑하고
대립보다는 화해로
분열보다는 화합으로

돈, 권력, 명예에 굶주린 노예에서 해방되어
더러움 씻어내듯 버리고
이 세상 어둠, 우리의 마음속 어둠
행복과 평화 위해
생명의 등불로 밝히게 하소서

죄업

땅으로 인하여 거꾸러지고
땅으로 인하여 일어나듯이
어리석은 사람은 남의 단점에 흉을 보고
남의 복 받는 것을 보면
욕심을 내고 부러워하니
농부가 봄에 씨 뿌리지 아니하면
가을에 거둘 것이 없듯이
지은 덕 없이 복 받으려 함은
시궁창에서 향내를 구함과 같다.

선의 열매 앞에
착한 사람은 복을 받으나
악한 사람은 벌을 받는다.

지은 죄 당장에는 보이지 않으나
그늘에 숨고 바위틈에 숨어들어도
지은 악업
이 세상 어디라도 피할 곳이 없다.

있는 것보다 없는 것이 더 큰 것이며
유념보다 무념이 더 크다는 것을 알아야 하기에

뿌리는 부모
줄기는 부부
열매는 자식이라

욕심과 착심(著心)에 끌려
죄 무서운 줄을 모르더라.

밭두렁 논두렁이 태산을 굽어볼 수 없듯
늙어도 여우는 새끼 사자 소릴 못 낸다.
자업자득이요 자작자수라 하니
이생과 전생의 결과라.
빈부귀천도 내가 짓고 받으며
선악죄복도 스스로 만들기에

인연 속에 낳아
인연 속에 살다
인연 다해
마음의 덕 쌓아 복의 주인이 되리.

벗

꽃과 같은 벗은
꽃이 좋을 때는 머리에 꽂았다가
시들면 버리는 것과 같아
부귀를 보면 붙었다가
빈천하면 버린다.

저울과 같은 벗은
물건이 무거우면 머리를 숙이고
물건이 가벼우면 치켜드는 것과 같아
공경하다가도 주는 것이 없으면 업신여긴다.

산과 같은 벗은
산에 새와 짐승이 모이면
털과 깃이 광채를 입고
풀벌레까지도 서식하며
능히 사람을 번영케 하고 기뻐하나
시들면 버리고 떠난다.

얼굴은 알아도
속마음 웃음 주고
삶의 기쁨 주는 벗이 얼마나 될까?

술과 음식 있는 자리
세상의 인연 가득하지만
위태롭고 어려울 때
찾아주는 이 얼마나 될까?

어질고 착한 벗은
마음이 바르고 생각이 어질고
능히 남의 그릇됨을 일깨워 주는 벗이요
남의 잘못을 보면 조심할 줄 알며
남의 덕을 칭찬할 줄 알고
남의 악한 행위를 보고
능히 구제할 줄 아는 벗이라
남의 게으름을 방관하지 않고
남의 재산에 손상을 입히지 않으며
자신의 몸과 재산을 아끼지 않고
어진 생각을 하게 하는 벗이다.

착한 사람과 함께 있으면
난초의 향기로움과 같고
악한 사람과 함께 있으면
생선 가게 뒷간의 비린내와 같다.

감언이설에 속고
선과 악을 구별 못 하고
겉으로 착한 척
고난에 처할 때 모른 척하는 벗이라
세상의 인정은 돈 있는 자에게 쏠린다 하였다.

소리에 놀라지 않는 사자와 같이
그물에 걸리지 않는 바람처럼
나보다 나을 것 없고
내게 알맞은 길동무 없거늘
차라리 혼자 갈지언정
어리석은 사람과 길동무 되지 말아야 한다.

형상

산 자와 죽은 자는 다르지만
마음은 같아
해가 뜨고 진다 해도
그대로 있지 않은가?

TV나 냉장고 기계가
수명이 다해 망가져도
전류의 자체는 없어지지 않듯

달이 늘고 줄어
초승달 보름달 그믐달이라 하지만
달 자체는 그대로라

꽃을 보면 꽃을 알고
노랑을 보면 노랑을
빨강을 보면 빨강을

그 자체의 변함이 없듯이
강과 바다에 파도가 일고 져도
형상은 그대로라

욕망(欲望)

욕망 앞에 나의 무덤을 스스로 판다
동녘에 보름달이 서산에 이지러지고
꽃빛의 찬란함도 어둠에 묻히고

잠깐 만나 은혜 사랑 얽히지만
꿈속에서 만나고 흩어지는 것 같아서
만날 때 즐거우나 헤어짐을 어찌하며

눈 뜬 사람은 꿈속에서 만난 사람을
다시 만날 수 없듯이
아, 나도 내가 아니요 다만 이름뿐이라.

늙으면 곱던 몸 쇠해지고
이 몸 무너져 썩고 흩어지면
이 몸 무엇에 쓰랴.

아, 이 몸은 오래지 않아
흙으로 돌아가리니
정신이 몸을 떠나면
해골만이 땅 위에 뒹굴 것을

무엇을 사랑하고 무엇을 즐기랴
바람 앞의 등불 같은 목숨
이 세상 어느 것을 영원하다 하리
죽음 앞에 한바탕 꿈이로다.

자아 반성

거짓으로 향하는 나의 마음이
자신이 지은 선악의 그림자를 이끌고
어디론가 떠나갑니다.

자신을 속이며 사는 우리들 자신인지도
모릅니다.
인간의 욕망과 죽음의 소리를 들으며
죽음의 앞에 스스로 자신을 비춰 봅니다.

인연의 끝에
자신의 오만함을 버림으로 생사의 길에
존재할 뿐입니다.

오해와 편견은 불행의 씨앗이며
또 다른 세계를 불러옵니다.

어둠의 터널을 지나 밝은 빛의 소중함을
깨달으려 합니다.

음식 기도

한 방울의 물에도 천지의 은혜가 스며 있고
한 톨의 곡식에도 만인의 땀과 정성이 담겨 있습니다.

은혜로운 음식 받기 부끄러워
욕심을 버리고 살겠습니다.

공양을 베푸신 임들께 감사드리며
주는 기쁨 누리는 삶이기를 기원하며
감사히 들겠습니다.

군소리

바다가

손발 없이 춤추고 노래한들

마르는 날 속보이고

산이 높은 체 한들

오르고 보면 발밑이라

꽃이 뽐낸들 쪼개 보면

향도 꽃도 없고

시드는 날 버려지네!

나의 꿈

나는 사랑이 무엇인지 모릅니다.
그 사랑이 죄가 되어
미움을 낳는다 해도
나에게 사랑과 그리움을 가르쳐 줄
당신을 만나는 것

나보다 더 나를 아끼고 사랑한
그 사랑이 아픔 되어
죽음을 낳는다 해도
나에게 사랑의 가난을 일깨워 줄
당신을 만나는 것

이것이 나의 꿈입니다.

구름과 나

구름 멈춘 곳
님과 나 일세

해는 어둠이 있어야 밝음을 알고
높은 산도 구름을 붙들지 못하나
산은 구름이 있어야 높음을 아네

구름과 말없이 통하는 마음이 있고
입 없이 말하는 눈이 있듯
자연과 한 몸 되어 살아갈 뿐이네

바보 같은 나

피곤한 하루의 오후
아플 만큼 아팠다고 생각했는데
아직도 아픔이 남아 있나 보다

이 세상 나 혼자인 것처럼 느껴질 때
아무도 내 맘 보려 하지 않을 때
난
눈을 감아 보면서 내게 보이는 내 모습
곧 지치고 쓰러질 것 같은 허름한 중년의 사내

웃는 사람들 틈에 낯선 이방인처럼
혼자만이라고 느껴질 때
오랜 슬픔이 밀려온다

영원히 잠들지 않을 꿈을 꾸며
바보 같은 나는
내가 남이 될 수 없다는 걸 알면서도
바보 같은 나는
눈을 뜨고서야 알게 되었다

제목 : 바보 같은 나
시낭송 : 박영애
스마트폰으로 QR 코드를 스캔하면
시낭송을 감상할 수 있습니다.

흐린 하늘

젖은 빨래처럼
축 늘어져 있다가
흐린 하늘을 보았다.

아픔도
설움도
사랑도
느슨하게 정지되는 것처럼

고장 난 벽시계처럼
모든 게 흘러간다.

시간도
생각도
마음도
그냥 갈 길을 간다.

어느새 저만치
모든 게 그러하다.

자판기 커피

기계 속에서 뽑어져 나오는

종이컵 속의

커피 한 잔

후루룩 한 모금

눈으로

입으로

마음으로

영혼으로

달콤함으로 가득하다

제 2부

나에게 소중한 것은

맥박처럼 뛰고 있는 삶

심장처럼 쿵쿵거리는 삶

오직 지금 여기 이 자리뿐이더라.

독백

철저하게 혼자이고 싶을 때
시간이 너무 무료해서
맥없이 앉아 있는 나를
위안 삼아 술 생각이 났다.

이곳에서 편의점이라도 가려면
자동차로 5분
편의점에 가서 매운 안주를 사 들고 와서는

먹다 남은 위스키 한 잔
컵에 따랐다
그리곤 이내 입안으로
심장 깊숙한 곳까지 밀려오는 고독함.

그래
인생은 혼자 이거나
때론 여럿이거나
그러다
혼자가 되어
독백을 하겠지.

화술(話術)

사탕을 한참을 입에 물고 있었다.

입안이 달콤함으로 가득하다.

잇몸이 아프다

뼈가 무너지듯 하다.

사탕도 있고 약도 있다.

뭘 먹을지 선택이다.

내 입에 쓴 게 좋다.

달콤하고 화려한 언어들

군더더기는 양치질로

싹 닦아 내고 살자.

삶

고난이 닥쳤을 때
뻣뻣한 머리를 숙이고
삶에 대해
진리에 대해
행복에 대해
나는 누구인가?

그러나 모르겠더라.

스승을 찾아 나섰고
어려서는 수많은 책을 읽었으나
삶에 대한 해답은
그저 내 삶에 경험들을 통해서만
발견할 수 있는 것 같다.

나에게 소중한 것은
맥박처럼 뛰고 있는 삶
심장처럼 쿵쿵거리는 삶
오직 지금 여기 이 자리뿐이더라.

그리움

그리움은
골짜기를 따라
길게 굽이굽이 가는 물 마냥
아래로 아래로 흘러가네

발자국에 묻어나는 향기가
아침나절 내내
길 떠나지 못하고
산 능선에 맴도네

태양이 중천에 떠올라도
그리움은
멀리 내달리고
산 능선 향기는
옅어질 줄 모르네

이것이 사람 살아가는 이치이니

물 여전히 흘러가고
산 능선 발자국 머리에 이고
나 아직 이 자리에 서 있네

비

새벽 빗소리에 눈을 떴다.
참으로 고맙게 느껴진다.
그간 농부들이 얼마나 애태웠겠는가?
비록 가뭄에 해갈은 부족하지만
적은 비에도 고마울 뿐이다.

아침 고요 속에 새벽 4시
이대로 아무것도 안 하고 싶다.
시간을 까먹고 싶다
온전히 편했으면
참 좋겠다.

물방울

하나가 아니라고

말할 수 없는 그 하나

너 그리고 나

당신 그리고 우리

그대

벗

인연 있는 생명의 벗이여!
인간은 행복을 찾는 나그네인지도 모른다.

진정한 행복이 무엇인지도 알지 못하고
행복처럼 보이는 거짓 행복을
영원한 즐거움이라고 착각하는 때부터 시작된다.

촛불의 밝음이 밤벌레의 죽음을 초래하듯
인간의 욕망은 불꽃 속으로 들어가고 있다.

거짓으로 향하는 나의 마음이
내게 짓는 해독보다 더한 것은 없다고 생각한다.

진실은 선을 일으키는 근본이며 행복의 씨앗이 되고
거짓은 악을 일으키는 근본의 불행의 씨가 된다.

정의와 진실은 자유와 행복의 씨앗
어리석은 자를 멀리하고 슬기로운 사람을 받아들여
존경할 만한 사람을 섬김이 행복이요

인간의 영원한 행복
그것은 자신의 내면에 존재하는 듯하다.
나를 버리고 비워야 한다는 어느 글귀에
새롭게 태어나기 위해서
또 하나의 세계를 다시 열어본다.

미래의 고향

미래의 고향으로 가기 위해
화선지에 기찻길을 놓았다.

빛깔 고운 꽃도 그렸다.
기차가 서지 않는 간이역도 그렸다.

완성이 코앞인데 뭔가가 맘에 들지 않아
캔버스 위에 매달린 화선지를 덮었다.

미래의 고향은 공중분해되어
허공 속으로 사라진다.

잠시 여행이라도 다녀와야겠다.
내일 다시 그려야 할 것만 같다.

새벽 3시

어둠이 짙게 내린 새벽 3시
소원을 빌기 위해 단잠을 팔아 새벽 3시를 샀다.
소박한 촛불을 밝히고
그 앞에 공손히 앉아 간절하게 소원을 빌었다.
새벽 3시의 고요함을 타고
내 소원이 신에게 닿기를 소망해 본다.

불현듯 절박한 외로움이 목구멍까지 차올랐다.
가난한 시절 결혼 예물을 팔아 필요한 것에 썼던 것처럼
가끔 소중한 것을 팔아 필요한 것을 사야 할 때가 있다.

나는 오늘
잠을 팔고 산책과 사색을 팔아 시간을 산다.
시간은 흐르는 것이 아니라 쌓이는 것이라는 말도 있지만
내가 쌓아 놓은 시간은 어디에도 보이지 않는다.
오늘이라는 삶의 하루하루가 쌓여 삶 전체가 되므로
먼 훗날을 위해서 오늘을 희생하는 것이
바람직하지 않다는 걸 안다.

행복보다는 안정을 위해
삶의 크고 작은 결정을 내리며 살고 싶다.
일을 그만두고 싶다.
일은 나를 지치게 만들지만 슬픔과 절망에 빠진 사람이
종종 일로 다시 살아갈 힘을 얻어 내기도 한다.
피로와 희망을 동시에 주는 일은 평생 해야 한다는 건
기이하지만 깨달아야 할 삶의 중요한 부분이다.
무엇보다 무기력에 빠지지 않기를 바란다.

소원을 비는 새벽 3시를 다 써버렸다
아니 내 마음속 깊은 곳에 쌓아 두었다.
소중한 것을 팔아서 시간을 살 때는
꼭 쌓아 두어야 한다고
쓸쓸한 고독함에 혼잣말을 해 본다.

글(시)의 삶

내가 글을 쓰는 날에는
가끔 하늘이 흐리거나
비가 내리거나
바람이 붑니다.

그래서
온몸의 뼈마디가 쑤십니다.
아마도
편하게 내버려 두지 않겠다는 뜻이겠지요.

바위를 뚫는 뿌리의 아픔이 없다면
절벽에 낙락장송이
저토록 멋있는 자태를
보여줄 수가 없을 것입니다.

봄을 기다리며

지루한 설 연휴도 끝났다.

함박눈이 내렸고

친구를 만나 술도 한잔하였다.

뉴스를 보고 가슴이 답답해져 오기도 했다.

책도 읽었다.

불안과 희망이 교차했지만

마음을 다스리고

하루 일상에 들어가

기약 없이 봄을 기다린다.

곧 봄은 오겠지!

그대 좋은 아침

나는 아침마다 스스로 "좋은 아침" 하고 인사한다.
아침마다 신비감으로 나누던 인사의 깊이가
어느 땐 무의식 속에 빠져들 때가 있다.

이름이란 무엇일까?
장미라 불리는 꽃을 다른 이름으로 불러도
아름다운 향기는 변함이 없다는 것을 안다.

한 존재를 아는 것은
한 세계를 끌어안는 일이고
누군가를 사랑한다는 것은
내가 모르는 무한한 세계를
사랑한다는 것이다.

아메리카 인디언들은 살아 있는 모든 것을
그냥 "그대"라고 부른다.
그 자체가 존중이고 사랑이다.

나에게 당신은 이름 없이 나에게 오면 좋겠다.
나도 이름을 버리고 당신에게로 가면 좋겠다.
이름을 알기 전 서로 느끼면 좋겠다.
그때 비로소 신비로운 문을 여는 열쇠가
우리에게 다가오면 좋겠다.

궁극의 신비인 이름은
인간의 세계에서
당신과 나
당신이 나를 부를 때 그것이 진정 내 이름이 아니라
내 안의 신비를 부르는 것이다.

이제부터 나는 당신을 "그대"라고 부를 테니
당신은
이름 없이 "그대"
이름 없이 나에게 오면 좋겠어요.

나에게 꽃이란?

나는 꽃에서
아름다운 것을 보고
아름답다고 느낄 줄 아는 마음을 갖게 하고
그리움을 알게 하고
그리워하는 슬픔 역시
아름답다는 걸 알게 해 주었다.

물리학에서는 색채는 빛의 에너지이고
정신분석학에서는 감정의 표현이라 한다.
예술에서 색은 아름다움의 표현이라고 한다.

나에게 꽃들이 가지고 있는 색깔은
나의 어머니와도 같다.

소중한 하루

내 몸 하나하나
숨 한 자락
밥 한 공기
물 한 사발

둘러보면 소중한 게 너무 많다.
잠시
하늘을 보고
주변을 바라보며

소중한 게 얼마나 많은지
나의 주변을 둘러본다.

고마워요
사랑해요
행복해요

나그네의 고행

정신없이 돌아가는 시간 속에
나 자신을 헛되이 보내지 않으려고 애쓰며 살지만
어느 순간 나는 없고
먼 훗날의 추억을 향해
힘겹게 걸어가는 굽은 어깨에
고독과 그림자 벗이 되어줄 나의 영혼이 보인다.

모든 것을 잊고 잘 돌아야만 할 것 같은
고단하고 지친 내 그림자를
잠시나마 쉬게 해주고 싶다.

무엇이 나를 불안하게 하는가를 생각해 보면
흘려버린 지금의 시간 속에 존재의 이유를 잃고
멍하니 서 있을 나를 찾지 못한 채 사라질까 봐
그것이 두려워 깊은 잠을 못 자고
시간과 공간의 광대한 좌표의 평면에 한 점
그 위에 존재했었다는 사실이 얼마나
소중한지를 깨닫게 한다.

같은 공간에 함께 있다는 것은 비슷하게 느끼지만
동일한 것을 같이 경험하고 느꼈다는 점에서
좀 더 중요한 것 같다.

서로 그렇게 옆에 있어 주어 사랑이 필요한
생각이 드는 것처럼

고행의 길은 어디를 가든
나에게 중요하지 않다.
그저
땅을 딛고 하늘 지붕 삼아 옷깃에 스치는 바람이
벗이 되어 신선놀음에 빠져들어
나의 몸이 자연과 하나 될 때
진정한 자연인이 될 것이다.

아름다운 세상

조금 더 아름다운 세상

이 말이 쓰고 싶어서
눈물이 자꾸 흘러서
더는 글을 쓸 수 없는 오늘

새해 소망

어김없이 세월의 수레바퀴는 또 한 바퀴를 돌아서
새해를 맞이한다.
1년 전에 '혹시나' 하고 품었던 소망들이 '역시나'
이루어진 것 없이 끝나 후회되고 허무하다.
하지만 '새해'는 우리에게 다시 한번 더 꿈꿀 수 있는
자격을 주고 1년이라는 시간을 다시 주기 때문에
나는 또 새해에 소망을 가져본다.

새해에는 나도 꿈이 이루어질 수 있을까?
혹시 행운이 무더기로 쏟아지진 않을까?
로또 같은 행운이 내게 올까?

인간의 모든 덕목은 가졌으되
악덕은 갖지 않은 내 생에 진정한 친구를 맞이할 수 있을까?

지나가 버린 시간에 나를 묶어놓은 후회들은
다 잊어버리고 가치 없는 것들에 집착한 날들은
미련 없이 내어놓고 용기 있게 진정한 목적의식으로
앞을 향하고, 이웃의 짐을 나누어 들고 함께 일을 하고
작은 재능이라도 이 세상을 응원하는데 보태는 사람이고 싶다.

복을 받고 복을 주는 새해가 되길 소망하며
소망은 집에서도
집 밖에서도 이루어지길 기원한다.

삶의 비애

허공을 맴돌다 날벌레 한 마리 날아들어
삶에 몸부림으로 허우적거리다
거미줄에 걸려든 날벌레 한 마리

날벌레의 체내에 거미의 수액을 넣어
날벌레의 수액을 빨아먹고는
이내 빈 껍데기뿐인 날벌레의 몸체를 버리곤
그저 아무 일도 없다는 듯
태연한 자세로 기다린다.

또 기다림의 연속인 듯 태연하다
바람에 흔들릴 뿐
또 그렇게 태연하게 기다린다.

거미집

처마 밑 거미 한 마리
횡으로 연으로 집을 짓고 있습니다.
아마도 거미에겐 처마 밑이 명당이었나 봅니다.

무심코 거미집을 치우려다
그냥 바라만 봅니다.
요즘같이 새집을 마련하기도 쉽지 않은데
거미집만큼 과학적인 건 없는듯합니다.

거센 바람이 불어도 그저 바람에 흔들릴 뿐
끊어지진 않습니다.

술

거짓 없이 퍼마시면 취한다.

거짓에 미쳐 춤추는 세상

고향 없는 나그네의 망각 속에

나를 묻기 위해

빈 술잔이 웃고 있다.

거짓 영혼 속에

술에 마취된

나는 이승의 송장일세.

제 3부

내가 있어 세상이 있고

세상이 있어

내가 존재한다는 사실을

더없이 감사할 따름이다.

1년의 수행

한 해를 돌아보며
엊그제 같았던 1년
기쁜 일
슬픈 일
세월이 주마등과 같이 지나간 시간

산 낙지가 마디마디 잘리는 그 고통에
내 입만 즐기며 먹었던 과거의 무지를
참회하고 또 참회합니다.

내 살이 포를 뜨는 듯한 고통 속에
뼈를 쑤시는 아픔 속에서
내 양심에 물들었던
어둠이 물러나니
고통이 기쁨이 됩니다.

그리고
몸의 병은 곧 마음의 양약이 됩니다.
지금의 나의 몸과 아픔에 처한 모든 환경이
감사하고 고맙습니다.

병은 수행을 위해 당연하게 받아들여야 하는 것이니
회복하기 위해 일부러 기도하지 않는다.
수행자는 고통이나 죽음까지 각오하며
병은 하나의 삶에 있어 수행 과정이다.

어머니의 눈물

어머니
웃음이 사랑의 꽃이라면
당신의 눈물은
이 아들의 영혼에 눈물입니다.

어머니
웃음이 바다의 폭풍이라면
남몰래 우시는 외로우신 당신의 눈물은
봄의 보슬비입니다.

어머니
이 세상 사람들의 값싼 웃음보다
외로우신 당신의 눈물의 바다에서
이 아들은 오래오래 울며 살렵니다.

행복의 섬

가슴 아파 울고
고마워서 울고
미안해서 울고
감동해서 울고
이유 없이 울고
웃다가도 울고

살아오는 동안
방울방울 흐르는 눈물이
살아온 날만큼 넘실대는 바다가 되었지.

이 눈물바다를 건너가면
행복의 섬이 있을까?
이 눈물바다 어딘가에
행복의 섬이 있을 거야!

보이지 않는 섬을

그 섬을 찾아 날마다 헤매 다녔지.

슬픔의 파도에 휩쓸리고

두려움에 떠밀리다

눈물로 부서져

홀연히 발바닥에 와 닿는 바다.

배를 버리자

눈물의 바다는

행복의 바다였네.

행2(行)

남이 하는 일이 내가 할 일의 거울이 된다.
남을 미워하는 이는 스스로 미워하게 되고
남을 비방하는 것은 자신을 비방하게 됨을 알고
자신의 행(行)에 바르지 못한 것을 살펴야 한다.

생각은 어디에나 갈 수 있다.
어디에 간들
자신을 사랑하는 사람은
남을 사랑할 줄도 알아야 한다.

남의 잘못은 잘 보여도
자신의 허물은 보기 어렵듯
자신의 티끌은 숨기기 쉽다.

세상의 밝은 눈은
자신의 그릇됨을 보는 눈이요
자신의 밝은 귀는
자신의 충고를 받아들여
소화할 줄 아는 귀를 가진 자이다.

이기고 지는 마음 모두를 떠나서
다툼이 없으면 스스로 편안하니
내가 먼저 상대를 존경하리라.
그도 나를 존대하여 준다.

쇠가 대질하면 쇳소리가 나고
돌이 대질하면 돌 소리가 나는 것과 같이
정당한 사람이 서로 만나면 정당한 소리가 나고
삿된 무리가 머리를 모으면 삿된 소리가 난다.

개인의 이익이나 명예에 집착하지 않고
원망에 더럽히지 않는 올바른 행(行)에 있다.

지혜로운 이는
비방과 칭찬에 흔들리지 않으며
새의 두 날개와
수레의 두 바퀴와 같이
행동과 지혜를 갖추는 것이다.

밝은 태양은 그림자를 원망하지 않고
강물에 출렁이는 달그림자는
바람을 탓하지 않는다.

어머님

꿈속에서 어머님을 보았습니다.
은혜와 사랑의 눈물이
얼마나 깊고 크신지
깊게 파인 이마에 허리 한 번 펴지 못하고
죽어서도 자식 걱정에 꿈속에 나타나신 어머님

늦게 사 생각나는 마음
외로움만 더해 갑니다.

저의 목숨이 당신의 것이었음을
뒤늦게야 깨닫게 되었습니다.
이 목숨 다한 뒤에 어머님의 사랑 끊길는지요?

내일은 어머님의 산소라도 다녀와야 할 것 같습니다.
어머님께 옷이라도 새로이 갈아입혀야 하겠습니다.

귀곡 산장

숲속의 어둠은 일찍 찾아온다.
밤은 깊어만 가는데
잠이 오려 하지 않는다.
이곳에 들어오면 거의 은둔이다.

별과 나무와 바람 소리만 소리로 속삭인다.
편의점이라도 가려면 자동차로 5분
읍내로 가려면 10분 이상을 가야 한다.
그나마 자동차로 5분 이내 거리에 편의점이라도
있는 것이 얼마나 고마운지 모른다.

내일은 집에 가야겠다.
도시의 야경을 봐야 할 것만 같다.

고향

한때
나의 정겨운 고향이었던 서울 한복판
청계천의 물이 흐르고
삶의 터전이었던 청계천 일대엔
옛 추억의 자리는 흔적도 없이
어디가 어디인지 분간조차 알 수 없는
시골 촌놈이 다 되어
이곳 서울에 다시 돌아왔다.

한때는 강남이 촌이었고
강북권이 중심권이었지만
세월의 흐름 앞에 모든 것이 바뀌었다.

강남이면 뭐하고
강북이면 뭐하리오.
지금 내가 사는 이곳
두 다리 쭉 펴고 잘 수 있으면
여기가 명당인 것을.

추억

추억이라는 단어 속에 잠시
과거 속으로 들어가 본다.

기억, 향수, 추억
희미한 안개 속에
흔들리는 기억을 더듬어 본다.
누구에게나 추억은 있다.

아련한 미련 속에서나마
추억의 향기 속에
웃음으로 빠져본다.

추억을 사랑하던 나에게
어느새
중년의 나이가 되어 있다.

사수소 불작불성(事雖小 不作不成)

문득 현관 게시판에 꽂혀있는 글귀
사수소 불작불성(事雖小 不作不成)

그러잖아도 내가 누군가에게 도움을 줄 수 있다면
하는 생각에 잠겨 있을 때
잠시 소홀히 했던 봉사 일에
길을 나선다.

뭔가 할 수 있다는 것.
누군가에게 뭔가 해줄 수 있다는 것.
이보다 더 큰 행복은 없을 것이다.

길을 가다가
떨어진 쓰레기를 주워 담을 수 있어
나는
내 손에 감사하다.

비탈진 언덕길 오르는
힘든 자에게
손잡아 줄 수 있는 여력이 있어
나는
나에게 감사한다.

내가 있어 세상이 있고
세상이 있어
내가 존재한다는 사실을
더없이 감사할 따름이다.

태양이 지구와 적당한 거리에 있음에
너무 멀리 있어도 추위에 견디기 어려운 현실에
천지 우주의 조화로움에
이것마저도 다 감사하자.

사수소 불작불성(事雖小 不作不成):
일이 비록 작더라도 하지 않으면 이루지 못한다.

시인의 세계

저 하늘 푸른 하늘이
얼마나 넓은가를
시로써 상상하며

소설 속 돈키호테처럼
밤에 뜨는 별을 쫓아
가슴으로 헤아리며

오늘도
시의 세계로
바라봅니다.

청풍명월

자연이 그리워
단양 팔경의 산 위에 앉으니
이백이 부럽지 않고
김삿갓 부럽지 않으매
사랑한다
사랑한다
말을 합니다

나그네의 길

진흙 바닥에 온몸을 눕혔다.

일어나거라.

바람 속을 헤쳐와

한 줄기 빛으로 왔으니

돌아가는 길목에

등불 하나 걸어놓고

청산에 바람 되어

돌아가리라.

희망의 버스

어느 한적한 시골 버스 정류소
등받이 없는 버스 정류소 의자에
오랫동안 한 노인이 앉아 있다.

어둠이 먹물처럼 번지는 거리에
수많은 차량들이 제 갈 길 빠져나간 후
등뼈가 구부정하게 휘어진 한 노인

그의 기다림은 언제 끝나는 것인지 모를
짙어가는 어둠 사이로
마침내 막차가 도착하고
주름 잡힌 허리를 펴며 그 노인의 희망처럼
버스 계단에 오른다.

불빛 하나 없는 도로를 향해
어느새 버스는 저만치 달리고 있다.
저 버스 안에는 등을 기댈 안락의자
하나 놓여 있을까?

시(詩)의 영혼

끼니도 거른 채
앉은뱅이책상에 앉아 있다.
누군가 내게
글은 가난해야 쓰여진다고 했다.
배고파야 한다.

몸과 영혼이 하나일 때
비로소 하나가 된다.
지금 내 육신은 배고프다.
뱃속에서 온갖 영혼들이
밥부터 달라고 아우성치는 것 같다.

머릿속까지
내겐 모두 비웠다고 생각했는데
마음, 육신, 영혼까지도
비워야 비로소 채워진다 했는데
이렇게 다시 글을 쓰는 것 보면
나는 글쟁이 인가보다.

누군가 글쟁이는
두 팔을 잃어서도 글을 쓴다 했다.
나 또한 글을 쓰지만, 글을 영혼으로 쓰려 한다.
글쟁이의 소리를 듣지 않기 위하여
나는 작가도 아닌 시인도 아닌
더욱 철학자도 아니다.

단지 남들보다 글을 더 쓸려고 노력할 뿐이다
내가 시인이기 이전에 남이 나를 인정해 줄 때
진정 시인이고 싶다.

무명이어도 좋다.
무명으로 살아도 좋다.
더더욱 무명이고 싶다.

내 마음속엔 이미 나만의 그림을 그리고 있다.
나만의 세상에서
나만의 그림을 그리며
그 그림 속의 주인공처럼
오늘도 나는 그림을 그리고 있다.

착각에 헐떡이며 글에 미쳐보며
탐욕과 욕심을 버림으로
오늘도 시 상의 세계에서 바라본다.

제목 : 시(詩)의 영혼
시낭송 : 박영애
스마트폰으로 QR 코드를 스캔하면
시낭송을 감상할 수 있습니다.

물레방아

숲속의 빈터에 자리 잡은 물레방아
웅장하게 흐르던 물줄기는
온데간데없고
한 가닥 물줄기마저도
꽁꽁 얼어붙어
멈춰 버린 물레방아

새봄을 기약하며
힘차게 돌아가는 너의 모습 기대해 본다.

인생의 삶은 마치
저 돌고 도는 물레방아와 같아서
어제는 내 집에서 돌고 돌아
오늘은 이 숲속의 빈터에서 돌고 돌아
내일은 어디에서 돌고 돌으려나
마음 가는 곳에 가서 돌고 돌아야지

나의 본색

누군가 듣기 좋은 말을 한답시고
우아하고 아름다운 학 같은 시인하고 살면
사는 것이 다가 아니겠냐고

이 말을 듣고 겉으로 내색은 못 하고
속이 불편해하는 마누라
집에 돌아오는 길
혼자서 구시렁거리는데
시인? 학 좋아하네!
지가 살아 봤냐고
학은 무슨 학

닭이다, 닭

외박

어제 난 외박을 했다.

자연과 벗 삼아

산속에서 침낭 속에서 잠을 잤다.

자연과 하나 되는 마음

곁에 따뜻한 아랫목이 그립다.

곁에 사람이 그립다.

그저 그렇게 그리움에 사무치다가

이내 자연과 한 몸 되어본다.

희망의 새 아침

지난 일은 불살라 버리고
슬픔이나 괴로움은
찬란한 태양에 태워 버리고
이제는 너와 내가 아닌
우리임을 자각하는
믿음과 화합의 눈으로
이 하늘
이 땅을
초록으로 숨 쉬게 하소서

은혜와 사랑의 빛 속에 살고 있음을
감사드리는 경배의 기쁨 함께하며
정직과 겸손의 이 세상
어둠을 밝히는 등불 되어
인정이 살아 숨 쉬는 건강사회
신명나게 삶을 기도 하는 날 되게 하소서

진리2

같은 땅에 빗물을 뿌려도
싹이 다 다르고
창밖의 많은 새들의 울음소리가 각기 다르고
같은 물이라도 뱀에게는 독이 되고
소가 마시면 우유가 된다.

맑은 거울에 비친 그림자
제 모습대로 비추듯
농부가 봄에 씨 뿌리지 아니하면
가을에 거둘 것이 없듯
복 없이 복을 받으려 함은
구린내 나는 시궁창에서
향내를 구함과도 같다.

애욕에 빠지면
근심과 두려움을 얻고
술을 마시면 지혜로움이 빠지게 된다.

몸과 입이 다르고
목숨이 다한들 끝나지 않음이니
죄도 복도 나에게 달려있으니
누가 대신하지 않으니
선을 향해 복을 주고
행복의 주인공이 되어야 한다.

삼막사

이른 아침의 해는 볼 수 없지만
해가 중천에 떠 있다.

삼성산 산기슭에 자리 잡은 삼막사
삼막사 절터에 국수 한 그릇에
수도자의 마음속에
작은 소망 기원해본다.

친구 사랑

친구는 나의 앞길에 등불 되어
마음의 벗이 되고 서로 사랑하는 벗으로
구슬처럼 고귀한 존재라고 생각합니다.

우정을 위해 늘 애쓰고
사랑하고 아끼는 그런 사이라면
큰일이 있어도 난 두렵지 않아요.

친구야
너의 목소리
꿈속에서라도
반가운 너의 그 목소리
잊지 않을게

보고 싶다 친구야!

소망

간절한 마음으로
소망합니다.

소리 없는 침묵으로
허공에 맴돌다 달 끝에 걸렸는데

당신께 아직 못다 한 이야기
침묵으로 조용히 기다리는 밤

간절한 마음으로
소망합니다.

두 손 모아 당신께 나의 기도
소망합니다.

사랑하겠노라고

제 4부

부디 행복하게

아빠는 아빠로서

엄마는 엄마로서

자식에게 최선을 다하고

사랑이 넘쳐나는 가족이 되길 소망한다.

헌신짝

뒷굽이 닳고
창이 갈라지고
코가 터져도
피눈물 없이
버려진 너

누가
못 신는다고 버렸을까?

한때는 너를 누구보다 사랑하고
매일같이 눈길 주며 신어 왔건만
이제는 닳고 닳아 필요 없다고
버려진 너

이제는 갈 곳 잃어
아무렇게나 버려진 너

버림으로 자유를 얻을 수 있으려나?

축복받은 이여

축복받은 주인공들이여
하늘 뜻 받들어
삶의 한 마당
눈부신 해보다
맘부신 달빛보다
밝은 미소 머금고
기쁨의 꽃수레를 타고서
어떠한 폭풍 노도도 헤치며
이 하늘 이 땅을 축복의 노래로
꽃 피우는 지혜와 슬기를 갖게 하소서

평화의 주인공으로
화합의 우정의 친구로
공경과 양보와 헌신의 덕행으로
정직과 겸손으로
어둠을 밝히는 등불이 되게 하소서

이 모두 어버이로
자녀에게 인자한 어버이로
가정과 사회
행복과 평화로움에
인륜 도덕에 빛을 더하는
명예로운 주인공이 되게 하소서

중년의 세월

날마다 덮는 것은 이불만이 아니요
떨어진 꽃잎에 잊혀진 사랑을 덮고
소리 없는 눈 위에 아름다운 꿈도 덮고
산새 좋은 자연도 가슴에 품습니다.

오는 해는 하늘에서 뜨는데
지는 해는 왜 가슴으로 내리는지
눈물이 나는 밤엔
별빛마저 흐려지니
침침해진 시야에 아득한 세월

중년의 가슴에 찬바람이 불면
다가오는 것보다 떠나는 것이 더 많고
가질 수 있는 것보다 가질 수 없는 것이 더 많고
할 수 있는 일보다 용기 없는 일이 더 많아
지나온 세월이 그저 허무하기만 합니다.

제목 : 중년의 세월
시낭송 : 박영애
스마트폰으로 QR 코드를 스캔하면
시낭송을 감상할 수 있습니다.

새해 아침

인생은 때로는 쓸쓸해도
때로는 아름다운 것

벌써 내 나이 오십하고도
중반을 훌쩍 넘어서는데

새해를 맞이할 때마다
아직도 미묘한 설레임이 있다는 것은

새로운 삶에 대한
희망이 있기 때문인가?

내가 보듬어야 할 가족들
내가 사랑해야 할 사람들 생각에

나도 모르게
가만히 두 손 모아
새해를 기원한다.

인고의 시간

목숨을 건 사랑을 하고
가위로 면도를 하던 시절
불도 안 땐 구석진 방에
이렇게 살다간 죽는구나 싶어

앉은뱅이책상 한쪽 밀어붙이고
문을 열고 나오고 싶었으나
달도 비켜 간 외로운 밤하늘에
별 친구만이
나의 인고의 시간
벗 삼아 술 한잔 마시는데
못내 견딜 만하다.

누구나 살다가
외로움이 오기는 오는 모양이다
하늘에 별 무리 많으니
산 능선의 밤 지낼 만하다.

고독

어제

오늘

내 앞에 놓인

하얀 백지 한 장

무엇을 써야 할지

무엇을 그려야 할지

그저

고독하기만 하다.

눈물

풀잎에 맺힌 이슬이
나의 걸음을 멈춘 적이 있습니다.

사람이 흘리는 눈물만큼이나
아름다울 수는 없을 것입니다.

슬픔이 녹아날 때
기쁨이 녹아날 때
아픔이 녹아날 때
영혼이 울어야 비로소 솟아나는
사람만이 가질 수 있는 눈물처럼

이슬보다
빗물보다
꽃보다 아름다운
눈물 맺힌 이슬이
오늘도 당신이 그리워
눈물 한줄기 흘립니다.

12월

어느새
한 해의 남은 12월의 달력 한 장
올 한 해 못다 이룬 일들이 산더미이건만

중년의 나이에 들어서
늘 같은 곳을 맴돌다 가도
바뀌는 것도 없는데

세월이 빠른 건지
내 삶이 빠른 건지
누구에게나 똑같이 주어진 세월이건만
내겐 세월 참 빠르다.

12월이 채 끝나기도 전에
어느새 새해 달력을 받아보며
올해 12월의 세월을 덮으려 한다.

무엇이 그리 바빠서일까?
새해 희망이 다가옴 때문일까?

올 한 해에도
새해의 금빛 소망 걸어둔다
일찍이 새 희망을
1년 삼백육십오일 사연을 담고서
미래를 설계할 것이다.

손녀와의 인연

2018년 12월 3일

아들아!

며늘아기야!

축하하고 감사하다.

세상의 그 어떤 인연보다

신의 축복 속에 인연이 되어

생명의 탄생으로 인연 맺어 주심을 진심으로

축하하고 감사하다.

서로 인연 되어

사랑하며 산다는 뜻이 다는 모르지만

그저 건강하고 꿈 많은 아이처럼

행복하게 키우렴.

부디 행복하게

아빠는 아빠로서

엄마는 엄마로서

자식에게 최선을 다하고

사랑이 넘쳐나는 가족이 되길 소망한다.

번뇌(煩惱)

글을 쓰는데
나를 찾아온 손님
손님에게는 미안하지만 거절하였습니다.
용건이 있어서 나를 찾아왔지만
만나서 이야기를 나누고
삶에 대한 이야기를 나누는 동안
나의 글 상은 다 깨지고 흩어져 버릴 것이
분명하기 때문입니다.

누군가가 나를 찾아
이 먼 곳까지 찾아와
내 영혼을 애원하듯 찾아 울어 댔습니다.
나 역시 눈물을 참아 보지만
쓰던 글까지 멈추며 채 눈을 감고
잠시 명상을 생각하며 모두를 잊어
마음을 편히 합니다.

손님 참으로 감사하고 감사합니다.
나의 번뇌를 쫓아 주어서

기도(祈禱)

나는 기도했다
나는 재능을 달라고 부탁했다.

나는 기도했다
나는 부자가 되게 해 달라고

나는 부탁했다
행복할 수 있도록
하지만 지혜로운 사람이 되게 해 달라고

나의 작은 존재임에도 불구하고
신은 내 무언의 기도를 들어 주었다.

마음속에 여유와 행복함으로
용기와 희망으로
모든 사람 중에 나는 축복받은 자다.

존재

당신에게 좋은 에너지를 보냅니다.
모든 존재에게 보냅니다.

내가 가장 미워하는 사람에게도
아낌없이 보냅니다.

그도 나와 하나로 연결된
존재이기 때문입니다.

나의 하루

도심 사이로 겨울이 오고 있다고
친구가 사진과 함께 메시지를 보내왔다

어제 나는 새벽부터 오후 늦게까지 종일
책상에 구겨져 있었는데
때마침 찾아온 겨울 소식에 눈을 들어 창밖을 보니
내가 앉아 있는 자리에 한가운데까지
겨울바람을 데리고 와 있었다

작년에도
밤바람을 타고 예고도 없이 겨울이 왔었는데
올해도 겨울을 맞이하는구나

눈 온 뒤 세상은 차갑게 맑다
깨끗하게 비워진 창공이
쨍그랑 깨질 것 같다
정원이 예쁜 카페에 앉아 차 한 잔 마시고 싶다

가을과 겨울 사이
구름과 하늘
그리고
나

시 한 편으로
시원함에 내 영혼을 씻기는 듯한 이 개운함

제2의 고향

굽이굽이 고갯길을 넘었다.
앞서가던 트럭이 먼저 가라 비상등을 켜준다.

이유 없는 쓸쓸함에 작은 감사마저 공중분해 된다.

배고픔의 기분은 잊혀지고
더욱 선명해지는 건
이유 없는 쓸쓸함

며칠 만에 돌아온 작은 쉼터인 귀곡 산장
마음이 횅하다.

가을 단풍

내 눈 앞에 펼쳐진
한 폭의 수채화도
아름다운 풍경화도

가을이라는 그대의 솜씨에
그대가 만지작거리는 솜씨에
풀어 헤쳐 놓은 보석과도 같네

인연의 끝

풀잎의 이슬같이
살과 뼈는 한 줌의 흙으로
피와 골수는 한 방울 물로
허공의 달은 홀로 있건만
달그림자는 강물 위에 떠 있고
달이 지면 달그림자 사라지고
풀벌레 울음소리마저 멈추면
노랫소리 멈추듯
사라지는 곳 없이 사라져 버린다.

가을 붉은 단풍
푸른 잎 고운 향기도
겨울이 되면 인연이 다하여 사라지듯
아무것도 없이 사라져 버린다
소리도 냄새도 맛도 감촉도
철학도 사라져 버린다.

잎이 지면 그늘도 사라지듯
흙과 바람과 물과 불에 사라져도
그대로 있는 것이 무엇일까?

형색이 없어
그림으로 그릴 수 없어
인연 따라 마음대로
물은 구름에서 생기고
구름은 바다에서 생기듯
바닷물은 강에서 생기듯
강물은 물방울에서 생긴다.

물방울 아지랑이 되고 얼음이 되어
눈이 되고 물이 되듯
하늘을 나는 새와
물에 사는 물고기도
산에 사는 나무도
결국 돌고 돌아 육도사생으로 살아간다.

김장하는 날

온 가족 한데 모여
탱글탱글한 배추는
소금에 간이 배어 부드러운 배추로 변하고
고춧가루와 양념으로 버무려 속이 만들어져
절인 배춧속에
한 겹 한 겹 양념이 비벼질 때
김치로 탄생한다.

한쪽 귀퉁이에서는
세상의 빛도 채 보기도 전에
배춧속의 노란 잎에
고기와 막걸리 한 사발에
잔치 술상이 차려진다.

김장하는 날에는
입가에 시뻘건 고춧가루 묻어 있어도
가족과 친지와 이웃과
1년을 함께 행복을 담그는 날이다.

깍두기

잘빠진 미끈한 놈 하나 골라
예리한 칼끝에
네모나게 잘라내어
시뻘건 고춧가루와 함께 뒹굴더니
어느새 먹음직스러운 깍두기로 변한다.

흰색의 체면은
온데간데없고
짜고 매운 것들로만 어울려
어느새 또 다른 이름이 생겨난 깍두기

입안에 한 입 베어 물면
매콤달콤 시원함에
밥 한 그릇 뚝딱!

물

아무것도 없는 깨끗한 물에
소금을 치면 짜고
설탕을 풀면 달고
쓴 것을 넣으면 쓰다.
식초를 치면 시고
기름을 치면 고소하고
고추를 넣으면 맵다.

그리하면 이 물을 마시는 사람은
짜다 달다 쓰다 시다 고소하다 맵다.
제각기 말하나 물의 본 맛은 아무것도 없다.

나 또한 시를 쓰고 철학을 배우고
눈을 통해 사물을 보고
귀를 통하여 소리를 듣고
입을 통해 말을 하는 것이다.

몸과 마음으로
누구를 막론하고
자신의 영혼에 모든 것 사라져 버린다.

병상에서

밤마다
저승사자 찾아와
어디가 아프냐고 묻기에
아픈 곳은 없는데

베갯머리 앞에
무심(無心)의 품에 들거든
나의 무덤에 묻게 해 달라
빌어 주었네!

제 5부

오늘 하루도

행복으로 가는 열차에 몸을 싣고

수많은 사람들과

행복한 도시로 달리고 있다.

별

밤하늘에 별이 하늘에만 있는 줄 알았습니다.
지금 이곳에 별이 가득합니다.
모두가 빛나는 별입니다.

그대의 눈동자에
그대의 마음에

보석보다 빛나는 별이 되어
내 눈앞에 펼쳐 있습니다.

은빛 날개

척박한 대지 위에서도
민들레꽃으로 피어나

민들레 홀씨 되어
바람 타고 살랑살랑

그대에게
날아갑니다.

믿음

믿음은 자신의 거울 속에 표본이 되고
희망의 등불이 된다
믿음은 상대에 대한 공경과 감사의 마음으로
상대에 원수를 만들지 않는다.

남의 착한 일을 보면 내 일과 기뻐하고
맑고 밝은 마음으로 생활을 한다.

만일
믿음이 없다면
사공이 없는 배를 탄 것과도 같고
마부 없는 말을 탄 것과도 같다.

깊은 우물은 가뭄에도 마르지 않듯
뿌리 깊게 뻗은 나무는
비바람에도 흔들리거나 뽑히지 않는다.

굳은 신념에 사는 이는
세상의 어떤 유혹에도 흔들리지 않는다.

풍년(豊年)

가을의 풍성함이

떨어지는 낙엽도 풍성하니

기쁨도 슬픔도 풍성하여

내 마음 또한 풍성이라

님 또한 풍년일세라

행복한 세상

몸으로 마음으로
우주와 만유는 한 생명체라
내 몸처럼 사랑하고
가난한 이웃과 사회를 내 마음처럼 돌보며
예의와 질서를 생활화하여
행복한 세상에서 함께 삽시다.

솔직하고 사실대로 말하여
참된 희망을 심어주고
아름답고 고운 말로 세상의 사랑을 심어주고
너그럽고 부드러운 말로 마음을 평화롭게 합시다.

이 몸은 무상하고 부정한 몸이라
집착을 버리고
세상의 모든 것
확실한 지혜의 믿음을 갖고 살아갑시다.

버려지고 싶은 몸(번뇌)

파도 속에
꿈을 버린 영혼들이
바람과 함께 울고 싶다.

불타는 집에서
고향 잃은 영혼들이
파도와 함께
눈물이 되어 파도 속에 버려지고 싶다.

아,
발가벗은 채 나에게로 다가와
나는 나 자신에게 버림받고 싶다.
헌 고무신 짝 되어

꿈

생각은

꿈을 먹고 산다

꿈이여 날아라

푸른 창공으로……

종

어둠을 깨는 울림이여!
산을 부수고
바다를 삼키고
허공을 울리는 숨소리

지혜의 소리로
어머님 말씀으로
세상에 다시 살아난다.

대한의 한글

반만년의 역사 속에
세종대왕의 뜻에 따라
탄생한 거룩한 훈민정음 스물여덟 자

시대의 흐름 속에
자음 열네 개
모음 열 개
스물네 개의 조화로 이루어진 대한의 한글

글의 조화 속에 국민의 혼이 담겨 있으니
글의 스승 앞에
세상의 그 어떤 언어보다 뛰어난
한글의 위대함에
대한의 자긍심으로 넘쳐나리라

죽음 앞에서

칼끝에 꿀을 혀로 핥다가 혀로 상하는 이와 같이
빈 몸으로 와서 빈 몸으로 가면서도
내 것이다, 내 재산이다.
자기 몸의 그림자를 잡으려고 한다.
어리석은 사람은 욕망에 허덕인다.

나의 내가 이미 아닌 것을
세상 사람들은 애정과 욕망에 사로잡혀 물질에 허덕인다.
음욕보다 더한 불길은 없다.
세상은 쉼 없이 불타고 있는데
무엇을 사랑하고 무엇을 즐길 것인가?

등불을 치다가 죽고 마는 나방처럼
욕망을 쌓아 결국 무덤을 판다.
해 뜨는 동산에서 노을을 보노라면
동녘에 서산에 이지러지고
제아무리 꽃빛이 찬란해도 지고 마는 것이거늘
봄 나무 가을 서리에 마르듯
잠깐 만나 인연과 사랑 얽히지만
꿈속에서 만나고 즐거우나 헤어짐을 어찌하나.
눈 뜬 사람은 꿈속에서 사람들 다시 만날 수 없듯이
꿈은 꿈이라 생은 생이로다.

늙으면 곱던 몸 쇠해지고
이 몸 무너져 썩고 흩어지나니
이 몸 무엇에 쓰리요.
더러움 흐르는 병든 자 고름이리니
아~ 이 몸은 오래지 않아 흙으로 돌아갈 운명
정신줄 한번 놓치면 죽음 앞에 설 운명

무엇을 사랑하고 무엇을 즐길 건가?
바람 앞의 등불 같은 목숨
흐르다 멈추면, 있는 건가 없는 건가?
이 세상 어느 것을 영원하다 하리
죽음 앞에 꿈이로다.

감사한 하루

지구와 태양과의 거리 149,600,000km(약 1억 5천만km)
가깝고도 먼 거리
적당한 거리에 23.5도 기울기로 38도 선상에 놓인 지구 위 대한민국
이 얼마나 적정한 위치에 놓여
춥지도 덥지도 않은 거리인가.

지구가 태양과 좀 더 가까웠다면
인간은 살 수가 없을 것 같다.
또한 너무 먼 거리에 있다면
너무 추워서 살기 힘들었을지도 모른다.

하지만 태양과 적당한 위치에
내가 지구촌에 인간의 생명체로 태어남을 감사함으로
이 얼마나 다행스럽고 감사한지 모른다.

하지만
우리의 인간은 감사함을 모르고 살 때가 많다.
늘 주위에 편안함과 익숙함에 일상이 되어 버린 것처럼

나의 주어진 환경에 불평하기보다는
주어진 일에 늘 감사함으로 살 일이다.

신이시여~

오늘 하루도 살아 숨 쉬는 함께하는 모든 생명체와 함께

공존하며 감사한 하루입니다.

오늘 하루도

앞으로도

미래에도

자연과 후손 위해 소중한 자연 앞에 감사하며 살겠나이다.

행복으로 가는 열차

오늘 하루도
행복으로 가는 열차에 몸을 싣고
수많은 사람들과
행복한 도시로 달리고 있다.

차창 밖으로
펼쳐진 도심과 초원 사이로
행복한 도시가 펼쳐져 있다.

“자”
“떠나자”
행복의 도시로
행복은 지금부터
지금 이 순간부터이다.

중환자 대기실

이별과 슬픔의 자리에 선 노선
머지않아 바람에 실려
지워질 이름 석 자

아직 빈 마음 준비되지 않았는데
아직 서러움 가득한데
당신의 웃음소리 아직 남았는데
아직 못다 한 이야기 남았는데
당신은 침묵으로 가득하네

여행

희망의 언덕을 보며
콧노래를 부르며
시간과 함께 하는 여행길

세상사 이야기 건네며
털털히 웃음 지으며
자연과 벗 삼아 떠나는 여행길

방구석에선 결코 만날 수 없는
그 무언가가?
어디론가 떠나면 만나는
여행의 행복

산길을 걸으며

때론 빠르게

때론 느리게

느린 걸음이 이토록 편안한지 몰랐다.

젊은 날엔 알지 못했다.

일상도

나이도

연애도

느린 걸음을 알지 못했다.

사는 게 버거워 동동 구르고만 살아온 거 같다.

산길을 걸으며 지금이라도 알아서 다행이다.

신호등

한참을 정신없이 걷다가
삶의 길모퉁이에서 빨간 신호등을 만났다.
삶이 너무 빠듯해서 후다닥 쫓기는 듯이 건넜다.

모퉁이를 돌다가 붙잡고 있던 기둥 끝에
무겁게 매달린 신호등 아래 빨간 신호등이 들어왔다.
쏟아진 파편들이 순식간에 내 심장을 찌르는 듯하다.

잠시 지켜볼 틈도 없이
찢어진 심장에서 묵혀두었던
오랜 슬픔과 외로움이 콸콸 쏟아져 나왔다.
아픔에 몸서리를 쳤다
찢어진 심장을 꿰매야 했다.
친절한 의사는 없었다.
고통을 덜어줄 마취제도 없었다.

거울 속의 나의 심장을 바라보며
박혀있는 파편들을 꺼내야 했다.
한 땀씩 상처를 바느질했다.

외면의 슬픔이 바늘에 손가락이 찔리고
억압된 분노의 바늘에 찔려 피를 흘리며
희망의 실로 찢어진 심장에 수를 놓았다.
다시
삶의 자리에 신호등이 켜졌다.

오십여 년을 살면서 묵은 것을 버리게 해준
고마운 신호등

거리의 신호등
오늘도 깜박깜박
파란불과 빨간불이 교차한다.
지금
나는
이렇게 교차하는 마음의 신호등 앞에서
멈추고 주위를 살피고 지켜본다.

나는 아빠다
나는 오늘도 신호등 앞에 서 있다.

생애에 기쁜 날

대한문인협회 여름 행사일

수많은 시인님과 문예 졸업 수여식과 함께 시상식의 즐거움을 함께하며
각자의 영혼 속에 모두 하나 되어 축하와 기쁨을 함께 나누어,
이보다 더 기쁜 날이 어디 있으랴.

시인이 되고 작가가 되는 일이 어디 쉬운 일인가
이날만은 모두 하나 되는 기쁨으로 영광 누렸으니
이보다 기쁜 날이 또 어디 있으리.

나 오늘 시인이 되고 주인공이 되었으니
오늘같이 기쁜 날.
술 한 잔 아니 할 수 없겠네
모두 함께 건배의 잔을 들어 축배의 잔을 드세.

문인협회 이사장님 이하 협회 임원님, 선배님
저와 인연이 되어 주신 모든 벗님께 술 한 잔 드리오리다.

문인협회의 발전을 위하여!
그리고 문우님 건강을 위하여!

만남

혼자는 외로워
둘이 되고 싶다.

그러나 혼자이고 싶다.

너와 나와의
만남을 위하여

기억력

어느새부터인가 세월의 흐름 앞에
나의 기억력은 차츰차츰 시들어만 간다.
무엇을 하려 하다가도 깜박 잊을 때가 있다.

공부는 어릴 적 해야 한다는 어르신들의 말씀
나 이제 중년이 되어서야 때늦은 후회를 한다.

어릴 적 시절엔 몰랐었다 부모님의 말씀을
내가 어른이 되고서야 알게 되었다.

나 아닌 다른 사람도 그럴까?
사람은 다 똑같다고
세월에 장사 없다고

오늘도 시간은 째깍째깍 잘도 돌아간다.

뱃속의 영혼

글을 쓰다 보면
어느 한곳에 집중하다 보면
배고픔도 잊은 채 끼니를 거를 때가 있다

어느 날은 글이 쉽게 써지다가
또 어느 날은 무엇을 써야 할지 막막할 때가 있다.
그리고
무의식에 책상에 앉아 있다 보면
잡생각과 넋 놓는 시간에
내가 무엇을 어떻게 써야 할지
더 잘 쓰려고 하면 말문은 더 막히고
갑갑할 때가 있다.

그저 있는 그대로를
느낌 그대로를
더 하지도 말고 빼지도 말고
사실 그대로를 쓰려 한다.

어느새 점심시간을 훌쩍 넘어간 시간
뱃속의 영혼들
밥 달라고 아우성
아~
삶의 연속이던가?

뱃속의 영혼들부터
달래고 와야 할 듯싶다.

나그네 영혼

김풍식 시집

2019년 10월 17일 초판 1쇄
2019년 10월 22일 발행
지 은 이 : 김풍식
펴 낸 이 : 김락호
디자인 편집 : 이은희
기 획 : 시사랑음악사랑
연 락 처 : 1899-1341
홈페이지 주소 : www.poemmusic.net
E-Mail : poemarts@hanmail.net

정가 : 10,000원

ISBN : 979-11-6284-144-0